KB037384

이동환 시집

길 잃은 시 한 구절

별꽃 기획시집

길 잃은 시 한 구절

1판 1쇄 발행   2023년 6월 26일

지 은 이   이동환
펴 낸 이   박숙현
주   간   김종경
편   집   이미상
펴 낸 곳   도서출판 별꽃
출 판 등 록   제562-2022-000130호
주   소   경기도 용인시 처인구 지삼로 590 CMC빌딩 307호
전   화   031-336-8585
팩   스   031-336-3132
E - m a i l   booksry@naver.com
디자인·인쇄   광문당

ⓒ이동환, 2023

ISBN / 979-11-981341-5-8 (03810)
값 12,000

길 잃은 시 한 구절

이동환

벚꽃

목차

2부
단단한 기억

3부
쉼표, 그 길을 가다

4부
풀어진 꽃 마당

해설 : 단단한 기억 속에서 자연 친화를 꿈꾸는 시인

1부

더듬고 걷는 기억

너
에
게

문어포에서 편지를 쓴다
바다가 출렁인다

어쩌겠는가

이룰 수 없는
사랑이라면 차라리
좋은 친구로 남고 싶다는
너의 고백을

절벽 바위에 깨어지는 파도는
하얀 포말을 남기고 사라진다

소나무 사이로 이는 훈풍에
동백 꽃망울 터진다

이 밤 너에게 미뤄둔 편지를 쓴다

문어포

주름진 어촌이 잠들어 있다
외롭게 익은 문어포 얼굴

촘촘한 세월이 출렁인다

골목 가득한 아이들 웃음소리
다 어디로 가 버렸나
폐교 앞마당에서 뛰어넘던
시멘트 계단 너머로
부서진 벽돌만 날아든 채

빈집 대문은 굳게 닫혀버렸다

만선을 꿈꾸며 떠나간 옛 남편
저녁 밥상은 언제 또 차려질까
떠나는 뱃고동이 울고

파도에 실린 고깃배 엔진 소리만
귓가에 넘쳐난다

나들이

철 지난 중년이 능청을 떤다
푹 눌러쓴 벙거지에 낮가린 색안경은
돌아온 여고생의 가벼운 탈바꿈이다

일상을 턴 발걸음은 수락산 둘레길 돌아
창경궁 연못가를 걷는다
조무래기 웃음이 까르르 핀다

풋내기 청춘은
이른 영안실 문턱을 넘고 짝 잃은 새가 되어
홀로 파닥이며 어디든 내려앉는다

숨긴 어둠이 기어 나온다
늦은 일상 나들이는
오직 산 자의 몫이다

쌈지공원

삼가동 버스 정류장 옆
원형 벤치 하나
매일 남모를 사연을 깔고 산다

8차선 도로가 깔리고 그 위
내달리는 광폭타이어가 굉음에 운다
공원 한편 비켜 앉은 빈 의자는
이별의 아픔만 가득 품고 있다

이른 눈 뜨고 서울행 버스에 오른
푸석한 검은 머릿결 여인
낭창낭창 걸음이 흥건하다

등 대고 마주 앉은 엉덩이 사이
그렁그렁 차오르던 눈물은
마른침 삼킨 서러움 낭자하다

맞잡은 손
차마, 뿌리치지 못하고 서성대던 무정함

광역 버스 꽁무니가 뿜어내는 이별 진자리

삼가 정류장 옆
내일은 또 무슨 사연을 품어 안을지,

안부

그대가 혹,

안부 물어 온다면

요즘, 나는 이리 전하리

청령포에서 서쪽 하늘을 바라보며

임 그리워하던 단종처럼

한양으로 흐르는 둘레 물길을 바라보며

홀로 두고 온 임

눈물짓는 설움을 전하리

전날 홀로 휘적휘적 거닐던

아카데미 길에서 올려다본

5층 창 마루에 비치던

까만 조끼에 연분홍 티셔츠

어디에 새기리

이미 변방으로 간 임

내게 오라는 손짓마저 없어

무작정 찾아 나선다 한들

어느 곳에서 찾아낼까

나날이 숨겨온 상념에 곁눈질하며

이에, 요즘 근황을 가만히 전해주리

별똥별처럼

누군가 나를
그리움의 정점에 세워 두면
내 기꺼이
그를 따라나서리

어디 가느냐 묻지 않고
삼일 간 주야의 폭설에도
맨발로 따라나서리

파랗게 타오르다가
희나리가 되어버린 회색빛,
내 나이 반으로 접은 그 시절
그리움 넘치게 가리

전생보다 더 이전
지독한 인연의 끈으로 묶여있던
길 잃은 시 한 구절
나를!

나도 길 잃어

누군가의 별이 될 수 있을까

밤하늘 별똥별처럼,

심야 여행

야간열차에 몸 싣고
떠나고 싶다

찌든 때 툭 털어버리고
홀로 목축이며 가고 싶다

까만 밤 하얗게 달리면
흐르는 시간도 밀려나고
어둠 속 내 삶도 멈추겠지

혹, 그때쯤
흐린 창가에 긴 머리 여인과
식당 칸에서 캔 맥주 따 놓고
안주 삼아 옛이야기 나누겠지

툭, 세상 털고 떠나는 길
천진한 아이처럼 깊은 밤 하얗게
절로 섞이면 잊힌 흔적들
찾아들겠지

뜬눈으로 숨결 세며

철 지난 여행 떠나보련다

한밤 아니면

단 한 시간이라도

바람이 쓰고 간 경전

들참나무 사이 비집고 드나드는 것들
그어진 획마다 빽빽한 기억들

그 갈피가 일궈낸 껍질을 열어보면
예리한 칼날이 어둠을 파고
꾹꾹 찍어 문 입이 도리질 친다

절개로 써 갈긴 꼿꼿한 입은
이른 바람이 느슨한 바람을 타고
붓촉이 먹물을 찍어 일궈낸
어둠의 깨알이다

얼마를 더 아파야 저 허물을 벗을 수 있을까

낮, 밤을 따로 울던 뜨거운 피
오랜 시간의 들 휘파람
그 사이를 펼쳐보면
고비 사막을 건너온 긴 여정이
순간 요약된다

경전을 읽는 들참나무는
언제나 배부르다

백암 장날

노부부가 갓 넘긴 핏덩이를 업고
가스 불에 고구마를 굽고 있다
장돌뱅이 소리 꽉 찬 공간

세상 허물을 덮어쓰고 버려진 공구들
수도꼭지, 손 망치, 기름때 절은 볼트, 드라이버…
모두 모아 좌판을 쫙 펴고
저 닳은 늙은 세월을 판다

고목에 새순 돋듯
내 손녀보다 더 어린, 어린 것
포대기에 들쳐업고 주린 배 채운다

연신 칭얼대며 등짝은 보채는데
가림막 상자떼기 내려보는 노부부 얼굴은
시름에 찬 주름이 깊다

손님이야 오든 말든
좌판 밑 부탄가스에 불꽃이 튄다

고달픔을 굽는 일
배고픔이 달래지려는가

얼얼한 백암 장터 난전에서

흐린 깃발

층층이 오르는 골목 모퉁이에
신명을 불러 먹던 깃발이 나부낀다

세월이 훑고 간 징 소리
주인 잃은 먼 울림이 수북하다

허공을 뚫고 날아온 기별

어린 처자의 몸에 신들림이 들자 그것을 벗기려던
푸닥거리에 외딴집 처자는 무당이 되고 장대 끝에 달
린 깃발에 북소리가 울면 대잡이 팔엔 수정이 내리고
그때쯤 꽉 쥔 손아귀에 복상나무 가지 마구 흔들리면
등잔불 아래 몸 숨긴 몽달귀는 휘파람 소리에 화들
짝 뛰쳐나오고 작두날을 뺀 꽁무니가 후다닥 대문 밖
으로 내달릴 적 떡시루는 둥둥 천장을 치솟던 보살의
신통, 그때마다 구경꾼이 대청마루에 북적이고 빌고
빌던 어미 손 지문만 반질 했지

선무당도 칼춤을 춘 지 오래

밤마다 외운 주문에 애타게
신출귀몰하던 날들
판자촌 어귀마다 재개발 이름표가
회색빛 바람에 풀풀 난다

언제든 발췌한 울음이
흐린 깃발을 밀어낼 것 같은 예감,

바
람
의
끈

기거하지 못하는 것들의 마주침
낙타섬이 구름 되어 머물다 간다

아무도 오래 머물 수 없는 집
낙타 눈알이 빠지고 푸른 창이 차고 든다

제각각 형상으로 살다가 떠나는 것들

초원에서 자란 입자가 사막을 떠나
발굽에 눌려 힘이 세지고 덩치가 커지면
고향으로 돌아가겠다는 의지에
울컥 눈물을 쏟는다

나를 떠받치던 힘은 위로부터 누르고
또 다른 내가 뜯겨 먹고 보듬다 가야 했다
마른 목은 오아시스도 비워야 했다

몸 하나 누울 거쳐 없는 그는
걸으면서 먹고 자고 또 그렇게

먼 길을 돌아서 왔다
긴 시간이 쉬 사라지고 마는
센 것이 가장 약함으로의 꺼짐이었다

잠들지 못하는 구름은 모두
나를 떠받치다 떠나간 바람의 흔들림
낙타는 나를 먹고 떠돌다 떠난
바람의 긴 끈이었다

새똥 자국

생존의 마른 기억
갈참나무 허리춤 사이로 훅,
훌쩍 날아간 생은 버려진 만큼 가벼워진다

시간의 의미를 빌리면
꾸물대는 미물도 먹이사슬이 되고
그 배를 살찌우다가 끝엔 허공으로 뿌려진다
식객이 빗어 던진 저 흘림의 끝
어떤 빗질에도 걸려들지 않고
이치로도 닦아낼 수 없는
미물이 남겨 놓은 생의 그림자
허공이 떠나가는 찌꺼기다

그가 끼친 해를 헤아려 본다
오직 나의 몫인 생의 흘림을

쓰
레
기
통

뻥 뚫린 눈
입 쩍 벌린 걸인을 본다

돌아다닐 수 없는 몸
그럴 수 있겠다
붉은 띠 허리춤에 두르고 산다면

그를 바라보는 일
손 안에 든 종이껍데기가 꼼지락거림을 안다
구겨 먹은 호주머니 속 잡동사니들
풀어낸 코 흘림, 이빨에 씹힌 꽁초, 연인의 립스틱
자국까지

누구나 한 번쯤은 구겨져 있을 기억이다

세상 찌꺼기 걷어내는 일
앉은뱅이는 감긴 눈 더 크게 벌리고
주린 배 채우려 주섬주섬 받아먹는
토하고 살찌우는

굶주림이 풀어내는 정보 센터

그가 비만을 열면
흩어진 비밀의 실타래가 풀어지고
미궁에 빠진 범죄단서가 되돌아온다
수천수만의 첨단 정보가 비명 지르면
지구가 깨진다

그 거처 마련한 자 누구인가
날 쏘아보는 그가 두렵다

그곳에 가면

두창저수지
물안개 필 즈음
어스름 길 걸으리
함께 걸으리

둑 위에 쏟아지는 푸른 별빛
매혹되다 한적한 길섶에
둘이 앉아

까만 눈동자
별 헤아려 넣었다가
찬 서리 스밀 때
따스한 가슴에 얼굴 묻고

무릎베개 한잠,
쉬고 싶어라

그때
그곳에 가면.

2부

단단한 기억

쪽
지
1

어둠 깔리는 학교 모퉁이
뭇 그림자 하나 서성인다

혹, 검은 어귀 나타날까
10분, 30분, 한 시간...
초침이 초조하게 조여 온다

생각과 생각 사이 '꼭 나와 달라' 애원 담은 쪽지
간절한 마음이 닿았을까 한 가닥 기대를 건 구름

기다림은 허물어지고
뚜벅이 걸음에 등 돌린다
돌부리에 차인 발가락이 아파온다
꾹꾹 참아낸 눈이슬
볼따구에 흐른다

몇 번이고 되돌아본 오솔길
조붓한 어귀마다
차인 발길에 어둠이 묻힌다

끊임없이 새겨지는 설움은

낯익은 기억에 엉키고

나중 생각이 둥지를 틀었다

쪽
지
2

먼저 생각이 다가와 나중 생각을 길들인다

그날 밤 고백도 없는 만남은
끝없는 미로에 갇혀버리고
끝내 등 돌린 절망이 휘감은 꼭짓점

마른 아픔을 꾹꾹 짜내는 맥 풀린 세포는
세 살 걸음처럼 휘적대며 조붓한 오솔길 걸어갔다

어느 게 먼저였나,

끌어당기다가 굴곡을 파고든 남모를 숨김,
그 무언은 더 강하게 다가와
심장에 묻힌 파장이다
소양강 비포장길 커브를 돌아 흙먼지 뒤집어쓴 채
서화행 버스에 코끝 향기도 실었다
미묘한 기억이 남긴 연결고리

먼 길 굽이굽이 수몰 지구를 돌아왔다

어둠의 굴곡에서
차마 꺼내지 못하고 숨겨 둔
서툰 생각의 끈

끊임없이 이어온
예송, 산, 윤 참 곱다

조각잠

허기가 잠들어 있는
유년의 끈을 줍는다

내 오지랖 땅 한 평 없이
딸 다섯 아들 둘 세전 밭 얻어 붙여 키워 낸
끈질기게 달라붙은 화경 같은 가난을
등에 지고 비탈길 오르곤 했다

풀죽 쑤어 끼니 이어온 어린 목줄은
두 가랑이에 착 달라붙고
눈코 뜰 새 없이 일손에 파묻혀
화전 밭 일구며 살아냈다

그 나이 훨씬 넘긴 설익은 딸이 호밋자루 쥔
손놀림이 예사롭다 밭고랑 사이에 묶인
굴곡을 찍어대니 새벽 풀 아우성이다

조각잠이 절여 놓은

그 곱던 가난 그 많이 일던

낫자루 땀내는 다 어디로 갔을까

등빛 축제

어둠이 소리친다

잠에서 막 깨어난 미세한 떨림

가늘고 긴 그녀의 침묵

어서 말하라
긴 마음이 흔들고 간 빈자리

오목이 다물어 핀
네 입술 하나

기적

살아가는 일 한 치 앞 모르고 산다
닥치는 불운은 그대로 받아들여야 했다

준비 없이 가는 길
아쉽지만 어쩔 수 없다
누구든 그러하다

스스로 깨어난 의식
정녕 내 뜻은 아니다
누군가 계획에 의해 정해진
알 수 없는
생의 이치이자 미덕

부활은 생명의 근원이다
그리고 진정한 삶의 가치였다

원망보다는 감사로 채워 주신 이에게
깊은 감사의 뿌리를 곱게 심는다

눈물의 배후

1

울컥, 텅 빈 교실
앳된 가슴에 눈물이 솟구친다

배움의 문턱에서
가난과 맞바꾸어 먹은 계집애가 나서는
설렘의 졸업식이다

얼마만 인가
먼 길 고개를 넘고 신작로 걷는
반나절 자박 길이다

공깃돌 줍고 다슬기 잡던 노들강변이다
생생한 소꿉장난 놀이가 넘쳐난다
물놀이 기억마저 애써 외면하고 들어선 교실은
끝내, 설움 복받친다 마른 아픔이다
덩그런 강당엔 손때 묻은 걸상만이 정돈되고
조잘대던 웃음소리는 날아가 버렸다

철 지난 배움이 기지개를 켠다

늦은 열정은 서울행 버스를 뛰어 타고
차창 밖 간판도 끊임없이 읽어 치웠다
매 순간 조바심 삼 년이다

목멘 애원이 녹아든다
때론, 어린 "산" 울부짖음이 귓가를 친다
"그만 좀 하라니까, 공부는 …"
떼쓰듯 놀아달라는 앙칼진 성화다

반세기 만에
만학의 종지부를 털어낸다

눈물의 배후 2

뜬소문 곱씹다가 한 줌 억누름을 내뱉는다

애써 귀 막고 못 들은 척
허기진 마음 발버둥 치는
최후 발악일지도 모를
가슴으로 써 내려간 처절한 문장

이른 식전에
아랫마을 고모가 왔다
불쑥, 찾아든 낌새가 이상하다
아니나 다를까 부엌에 들자마자
엄마 귓속을 파고드는 서툰 소리
봉당 빗자루가 흔들린다
"맞선 본다니"
쿵, 미어지는 가슴

언제부터였는가 남몰래 품어 온
미동도 없는 어스름은 가차 없이 무너진다
다급한 모퉁이 끝내 등 돌린다

남모를 시름을 아무리 풀어 보아도

어떤 계산에도 맞지 않는

그날의 첫 멍울

도지 땅 물리고 묵정밭 일구면
그까짓 조무래기 배고픔이야 못 채우랴
응고개 첩첩 산골로 찾아들었다

주섬주섬 가재도구 주워 담은 소달구지
강냉이 밥술 따라 자갈길 구르니
올망졸망 눈망울은 영문도 모른 채 뒤따랐다
속심이 돌고 노가리 강 건너 봇도랑 따라 오르면
각시봉 아래 조리실 뜰 마당이다

봄 뻐꾸기 울면 새벽 꽃봉오리 올라
강냉이밭 아이 이듬 매고
담배 줄 엮을 즈음 장작불 짚이고

봄나물 캐고 싸리밭 엮어 파는 푼돈 놀이는
짚자리 걷고 비닐 장판 사다 까는 손놀림은
겨울 담배 조리 켜켜이 녹아들었다

진창국 맛 되살리는 코고무신 외침

"네가 끓여 봐라 "
그 나이를 훌쩍 넘긴 세월이 불러본다
"어딜 가셨나"

생골 숲에 잠들어 있는
불러도 대답 없는 목메는 이름,
엄마, 아버지

48

눈물의 배후 4

운동장 서성이는 뭇 사내
먼발치서 바라보는 민낯에
청보리 누렇게 익어오는 조리실

배 주림은 낟알을 훑고
방앗간 발동기 피대 소리 돌아가면
쿵, 멈추고
치맛자락이 분주하게 발품을 판다

이때쯤 나락자루
만강 물 돌다리 건너 밭머리 집 모퉁이 오르면
어김없이 휙, 돌아보는 포대 자루 돌출 미동
어쩌면 눈 맞추려는 소행이다

물끄러미 바라보는 엉덩이 춤사위에
흠칫 놀라는 눈빛
놓칠세라 어귀에서 다가서고
누가 먼저랄 것도 없는 떨리는 쉼표를 찍었다

고사리 일손에 노출되고 이끌려온
눈매 틈새 사이사이 솟구쳐 오르는
차마, 입 못 떼던 서툰 입막음
그 발품이 참 고왔다

눈물의 배후

5

학원 문에 끼인 애간장을
피아노 건반에 묻어두었다

연습을 막 끝내고 나오려는 순간
불쑥, 걸려온 엄마 목소리
"오늘 집에 오냐, "
"이번 주말에 가려 해요."
일상을 핑계로 내뱉은 말

오랜 입술마저 터져 난다
"언제 오냐, 그렇게 애들이 소중 하냐,"
별 탈 없이 넘겨버린 아버지 유언

차마, 떠올리기조차 싫은
녹아든 애원
얼마를 더 흘러야 사라질까

강 건너 한 줌 거리에 하얀 저고리가 잠들어 있다
나루터 휘감고 삿대질 쥐어짜던

땅콩 이삭 줍고 강보 물고기 움켜잡던
아물지 않는 상처가 사라져버릴
그날은 언제쯤일까,

먼발치서 여울지는
옛 생골 숲이
발길을 재촉한다

눈물의 배후

6

등지게 아버지 닮고 싶다
응암골 가는 길목
여아가 품은 속내다

나무 지게 솔밭길 가면
어린 콧노래
애꿎은 지게 목발 따라붙고
솔갈비 여 나른다

가난이 빚어 논 사랑이다
그 나이 훌쩍 넘긴
세월이 웃는다

철 지난 입가에 핀
주름진 미소다

눈물의 배후

7

푸른 옷 차가운 마루
그해 겨울은 유난히 길었다

영어 100일의 몸 이브 날 저녁 밥상 준비할 때, 똑 똑 뒷문 노크로 나타난 저승사자 불쑥, 들이닥쳐 밥 상마저 앗아갔다 하얀 눈 위 자동차 바퀴만 남긴 채, 먼 길 포도청 담벼락 밑 뜬 눈을 하얗게 새웠다 눈물 도 말라버린 아홉 살 어린 겨울은

새벽 찬 바람이 고속도로를 가르다가 죽암 휴게소 우동 한 그릇 떼쓰는 아이를 달랜다. 어린 입엔 면 줄 기, 어른 목구멍은 국물로 주린 배 채운다. 외로움이 고통을 먼저 내밀자 울컥 맺힌 눈물이 흐른다 빤히 바라보는 어린것, 엄마! 앙가슴에 뼈 울음이 더 깊다 얼마를 더 참아야 이 고통 벗어날까 모자의 상봉은 하늘도 울었다

청렴 생활은 사회 물정 모른 게 죄다 명령과 지시 에 의존하는 직업적 삶, 사회가 빚은 영어의 고통은

가정과 사랑도 갈랐다 늦은 양심에 사회가 울고 미움
에 운다 한낮 먹구름이 큰 죄에 빠졌다 뿔뿔이 흩어
져 걷는 각자 소생의 길 꽁꽁 언 그해 겨울 찬바람은
너무 시렸다

아직, 아홉 살 어린 눈 속엔 가시가 있다

눈물의 배후 8

한 생이 깜박인다
청 십자가 어둠을 뚫고
불빛으로 내 달린다

고요만이 생동하는 응급실
수만 촉광 레이저가 쏟아지는 형광 불빛 아래
핀셋과 붕대만이 오가는 분주한 손길
낯익은 얼굴은 온통 복사꽃이다
깨진 두상에 얼굴은 찢기고 나뒹군 등짝도
얼룩진 하얀 가운에 덮여
멍하니 천장만 응시한다
순간, 가냘픈 소리가 귀청을 때린다
간이침대 옆 스치는 흐느낌
"관심 없으니 내 관심받으시려는가요. 사랑해요."
눈이슬이 벽면을 훔친다

좁은 복도를 빠르게 구르는 이동 침대
쇠바퀴 소리는 몇 구비 적막을 깬다
하얀 천에 덮인 얼굴을

닫힌 중환자실 철문이 가려버린다

빈집 거실 베개 옆 핸드폰이
무언의 시간을 다투고 있다

옷 속 조의금을 십자가에 바꿔 달고
구걸하던 손가락보다 더 많은 강산을
세 번이나 넘긴 기억
언제나 그 사랑 가득한 노크를 더듬어본다

눈물의 배후 9

그는 진심을 외면했다
건너뛴 혹 점이다

온전한 이룸이야 없다지만
그렇다고 탐스런 순정까지
앗아갈 줄이야,

돌이켜 보면
코딱지처럼 붙여놓은 굴레가
켜켜이 배어난다
차마 내밀 수 없어 꾹 다문 혀,
오물거리며 살아냈다

좀 지켜 주시지,

저주를 따진다면
그 험한 준령도 이보다 버거울 순 없다
멍들고 풀어진 뼛조각들

찾을 수 있다면
기꺼이 선택하련다
부서지는 생의 길이를 줄여서라도
허락한 본심 받아들인다

차마, 꺼내지 못한 생
못 자국만 새기다 간다

3부

쉼표, 그 길을 가다

기
도

엄마는 그랬어,
널 위해 늘 그래야만 했어

어릴 적 배고파 울면 젖을 물리셨고
아파 보챌 때도 남모를 마음 쓸어내리며
쉬지 않는 기도가 전부였다

새벽잠 깨어 기도할 때
설치는 피곤도 자기만의 희망이었다
잠들기 전 꼭 자식의 안위를 위해
두 눈 감고 묵상하고 잠들었다

누구도 알 수 없는 시간
두 손 모은 기도가 삶의 전부였고
행복이었다

정말 그랬어, 엄마는 늘 그랬다
자식 보듬는 헌신 하나로
일생을 살아냈다

너, 이제 알아?

정말로 알 수 있다는 거야?

널 위해 남모르게 매일 눈물 훔치던

간절한 그 기도를,

달빛 생각

꽃밭 골 오지에 도둑이 들었어요

깜짝 놀라 깨어 보니 방안이 온통 대낮처럼 환했어요

달빛은 이슥한 밤 애기봉을 넘고 솔나무 사이를 빠져나와

소리 소문 없이 좁은 창살까지 뚫고 들어와 버렸으니까요

꼼짝없이 두 손 들고 말았어요

그뿐인가요, 마구 호통까지 쳐대요

"살아온 날보다 살아갈 날이 더 적은데, 어찌 잠에만 빠져드는가."

그래요 그 말이 꼭 맞아요

얼마 남지 않은 시간임에 틀림없으니까요

순간, 까마득한 기억이 떠올라요

하얀 달빛이 비치던 날이었어요

개울가 하얀 조각돌은 반짝이는데

소년과 소녀가 실랑이를 벌였어요

　몰래 약봉지를 주거니 받거니 하다가 그만 들켜버리고 말았어요

　슬그머니 훔쳐보는 달빛에게 탄로가 나 버리고 만 거지요

어떻게 해요.

눈 깜빡할 사이 세월이 흘러가버렸으니까요

수십 년이 흐른 지금 소년과 소녀는

어디론가 훌쩍, 떠나버리고

어디에도 없던 낯선 노부부만 남아 있어요

여전히 달빛은 옛 모습 그대로 비추고 있는데요

노부부가 원망을 하네요

깜박이는 눈망울로 달을 바라보면서

소년과 소녀를 떠올리고는

괜스레 달 타령해요

진
창
국

아내가 봄 밭에서 푸성귀를 뜯는다
쓴 물은 빼야 한다며
바가지에 넣고 박박 문지른다
양은냄비에 가스 불을 댕기며
"뚜껑 열면 써서 못 먹는다" 당부를 한다
지레 겁먹고 손도 대지 못했다

노쇠한 장모님 병수발 들 때
넌지시 던진 한마디
"넌 진창국 끓일 줄 알지, 끓여 봐라"
옛 맛 다시려던 그 말
유언이 될 줄이야
속 맛이 씁쓰레하다

어릴 적 봄볕에
입맛 돋우려 먹었다던
허기 채우려 물리도록 먹었다던
멀건 국 한 대접
장모님 대신 내가 받았다

남은 입맛

이제 또 누가 먹을지

먼 훗날

먼 훗날이면
떠나간 아내가 보고 싶다

찬 겨울 눈바람일 때
앞치마 두르고 수건 질끈 동여맨 채
컴컴한 부엌에 쪼그리고 앉아
청솔가지 뚝뚝 꺾어 군불 지피던

처음, 그 집 지을 적
지푸라기 성성 썰어 넣고 흙벽 바르면
흙이긴 손 날라 주고
이엉 엮어 용마루 덮으면
팥죽 끓여 옹알이 입에 넣어 주던
그 맛이 되돌아온다

한 구순까지만 살아냈더라면
먹은 미음이랑 모두 미뤄두고
참모습만 지켜낼 걸

그 아련함도 떠난 지

어언 수년

그 희미함 또다시 되살아난다

꽃밭골 사내
1

내, 나이 반으로 접고 또 접은 시절
그리로 돌아가
그리움 절절 찍어 내리는
사내로 살고 싶다

꽃분홍 치마에 생머리 휘날리는
어린 처자를 만나
꽃밭골 초입 언덕배기 초가 한 칸 얻어
물동이 여 조반 지을 때
아궁이 불 때 주는 그런
사내로 살고 싶다

긴 긴 밤 뒤척이다 수탉 홰쳐 울고
먼동이 트면
지게 목발 툭툭 치며 '생밭재' 올라
묵정밭뙈기 일구고
봄 뻐꾸기 슬피 울면 수수 감자 심고
밭두렁이 바랭이 풀 뜯다가
삭정이 한 짐 풀어내고 새참 얻어먹고

툇마루에 낮잠 한숨 들고
화롯불 투가리 장국에 아랫목 포대기 엎어 둔
찬밥 덩이 꾹꾹 말아 한술 떠 주린 배 채우는
그런 사내가 되고 싶다

저녁연기 굴뚝에 피면
구정물 가마솥에 길어 붓고 여물 끓이다가
청솔가지에 눈물 찔끔 훔치는
여린 처자 볼때기 설움 닦아내고 달래주는
검은 머슴이 되고 싶다.

내, 그리로 돌아가면
세상 때 홀홀 벗고 오순도순 살아가는
늙은 사내로 살아가련다.

꽃밭골 사내 2

내, 나이 곱을 더하는 중년에 들면
하늘 아래 첫 동네, 오지
그리로 가
옛 그리움 꺼내 보는 사내로 살고 싶다

강원 평창 골 깊은 거기
산 너머 한숨을 더 가
너와 이은 단칸 집 짓고
거처를 틀면
염소 두어 마리 씨암탉 서너 마리 치며
강냉이 서리태 짓는 농부가 되고 싶다

찬 겨울 백설에 갇히면
옴짝달싹 못 하는 곳
문설주 창호지가 어둠을 품으면
아궁이에 퍼질러 앉아 고사목 다듬다가
고라니 기척엔 강냉이 몇 통 내주고
멧돼지 허기까지 달래 보는
그런 잡부가 되고 싶다

혹, 때 늦은 고운 님
가만히 산장에 들면
화롯불에 구운 삼겹살 안주 삼아
백설주 한잔 툭 털어 넣고 세상 시름 달래는
그런 촌부가 되고 싶다

세상 미움일랑 훌훌 털고 근심 걱정 모두
벗어 던지고 한세월을 즐겨 노래하는
그런 촌노가 되고 싶다

꽃밭골 쉼터

시공간을 초월한
왁자지껄 한가위다

세대를 뛰어넘은
천진난만이 펼쳐지는 선 풍경
어른 아이 활활 타오른 표정들
거리 뛰기 제기차기에 화들짝 놀란 눈빛들
새색시 천사가 맞춰내는 퀴즈 놀이
"ㄲㅂㄱㅅㅌ"

훌쩍, 꽃놀이패 춤사위가
떠나버린 빈 마당
덩그러니 남겨진 어린 발자국
처마 밑 수북이 쌓인
땅따먹기 소리만 찰랑댄다

"어머니" 며느리 전화에
육십 줄 할머니
주름진 눈가 이슬 맺힌다

판운강

산비탈 돌아내린
저 판운강은

해 그늘
산 병창 가리우면
푸르디푸른 빛 띄우는지

고요 속
쉬 잠들어 버릴
거꾸로 박힌 산 그림자여

넌, 언제까지
흐름을 멈추고
말끔히 씻겨

잠수로
침묵하려 드는지

계
수
나
무

강원 평창 하고도 한참을 더 간
꽃밭골 오지
거기 서출동류수 옆
두 그루 나무가 서 있지

수명 홀로 키우려는지
햇빛 가리다가 호우도 벗겨내며
영혼을 거스르고 살아내지

보면, 세 갈래 기둥은 삼 형제 만들고
등 기댄 연리지 줄기도 부부의 조화를 이뤄
그렇게 살아가겠지

언제부터인가
발아래 뿌리내리면
하늘꽃 숨기며 계절 향기를 뿜어내는
하트 첫 잎 트면 햇빛을 덮다가
노란 잎 단향도 뿜어내
그 본심을 주곤 하지

내 가고 너 또 가는
너의 소멸은 어디까지인가
해 몇 번 더 바뀌는
모두 사라지는 저 날쯤
누구도 기억 없는 시절에도

너만은
푸른 날 둥근 달 한가운데 두고
또 그렇게
영혼을 기리며 살아내겠지

흙벽 돌집

칠십 년 농익은 숨결
삽 곡괭이 근육 열정이 다진
진액의 흔적이다

봄 사월 오지
꽃밭골 헛간 헐어낸 자리
푹 파내고
볏짚 성성 썰어 넣은
발효된 영혼들
보름간 해 바람에 찍어내니
단단한 돌덩이 변신이다

뭇 사내 팔다리 알통이 쌓아 올리는
바람벽 사이
이긴 흙 처바르는
아낙의 손길 분주하다

엄마 손바닥 훔쳐내
황토 몰탈 썩썩 문지르는

부뚜막 매무새는 흡사
닮은 모정이다

그 나이 훌쩍 넘긴
주름 손이 솥단지 걸고
굴뚝 연기 달궈지면
어, 시원하다! 외마디에
시린 등이 따끈하다

산골 노부부는
방구들에 길들이며
그렇게 한 땀 한 땀 영혼으로
늘그막 살아낸다지

용구마

아파실 삼거리 앞
적마 한 마리
눈알 부릅뜨고 서 있다

장수 잃은 슬픔인가
채찍 휘두르면 곧장
고덕교 뛰어넘을 듯
용맹스러운 기세

헐떡이며 달려온 용구마
흠뻑 젖은 땀 흘림으로
눈비 가르며
바람에 씻기다가
곧추 머리 쳐들고 있다

설에,
장사가 나면 삼족을 멸한다 하여
마당에 아기 눕히고
떡 안반 위 콩 두 섬 올리고 압사시켰다

때 늦은 놀란 울음만이 홀로
응암뜰 날뛰다가
사흘 뒤 시동에서 꼬꾸라진
아기장수 무덤이다

용물이 솟는다 하는
시두물 앞
용구머리에 가면
아기장수 찾아낼 건가

맥없이 서 있는 적마 한 마리
고덕교 세월만
시름없이 쌓여간다

김
삿
갓

원동재 말랑
해묵은 동상

평창에서
영월로 가는 구비 길
용구머리에서
열 한 구비 돌고 돌아 오르면 바람치기, 거기
죽장에 삿갓 쓴 옥돌 흉상

두 번이나 변하는 강산에
흰 구름 따라 떠도는 문전걸식
고갯마루에 섰다

술 한 잔에
시 한 수 날리면
목줄 따라 떠나가 버릴 건지

세상 때 덕지덕지 묻은
괴나리봇짐

짚신 두 짝이 애처롭다

보시라,
추상같은 필주로 얻은
향시 장원이
조부(익순)를 욕되게 하여
파산물 되자
차마, 하늘 우러러볼 수 없어 낯가린
방랑 신세

사나 죽으나
세파에 씻기는 '병연'은
늘 굴절된 문장이다

와
불
정
사

아파실 뒷산에
부처가 누워 있다

먼 세월 돌아
시름 턴 불상이다

원동재에서
바라보는 저 와불은
이른 봄 연녹 옷 입다가
한여름 검푸른 도포 덮어쓴다

까칠한 시절 오면 누더기 벗고
형형색색 걸쳐댄다

긴 겨울 순백의 두루마기 둘러 입은
중생 염불
가늘게 눈 감고
누른 콧날에 턱수염 치켜든
저 부처

영월과 평창을 가르는
고개 말랑에서 바라다보면

언제든
홀로 누워 공생한다

영혼
솔

　단단한 등딱지 뼈 울음이 녹아 있다
　해묵은 역사의 아픔이다

　족히 일백 년은 삭혀온 슬픔이다

　평창강 남산 데크 길 등 굽은 소나무가 한세월을
지켜낸다
　대동아전쟁 포탄의 제물 된 흔적이다

　일제의 굴레를 벗지 못하는 수난은
　어린 손 갈퀴로 솔나무 껍질을 벗겨내는 뼈 울음의
상처
　놋대접 숟가락, 끝내 송진까지 긁어모아 받치는 공
물의
　설움은 온 산천까지도 발가벗겨지는 아픔의 징표
였다

　말없이 지켜온
　흘러간 발자국이 시간을 곱 세고 있다

비바람에도 지울 수 없는 고통을
세월인들 비켜 갈 수 있으랴

여전히 홀로 무겁게 씻겨가며
오늘도 시린 강바람에 울고 있다

4부

풀어진 꽃 마당

바
람
의
귀

모진 생각과 생각이 충돌했어

11월, 싸한 바람이 치는 치악산 어디
소나무 가지 끝에 꼬여 맨 목줄이 툭 끊어져 버렸어
'내 어머니 품에 듭니다.' 외마디 외침에 두 겹 압박
붕대가
　못 견디고 맥없이 끊어져 버렸다니, 어이없이
　질기디질긴 목줄이 끊어지고 축 처진 몸뚱이는 곧장
　땅바닥에 처박혀 버렸지

생 지우기란 쉽지 않은 일
순간, 낙심에 그냥 멍하니 있을 수밖에
까만 동공만 바라보았지 한참을
스스로 생의 끝 이별이 어렵다고 느끼는 사이
남은 생마저 채우려면 얼마를 견뎌야 할지
산 중턱이 까매지고 바람은 점점 슬피 울 때
어머니 생각만 자꾸 떠오르는 거여
어찌하겠는가

한 어둠 가니 또 다른 어둠이 찾아와

긴 싸움은 그렇게 끝나 버렸지

애초 자궁을 나올 때 탯줄을 목에 감고 나왔으니

어쩌면 거저 얻은 더부살이 삶

저만치 가버린 숨결인지 모를 헐렁한 법칙

이미 내준 자가 거두어간다는 목줄을

결국 엄마가 잘라 버린 셈이지

가끔은 생각나

어둠의 길 가는 어디쯤에서 우는

그 바람의 귀

가을산

이걸 어쩌지요
가을 산이 말 걸어와요.
폰 문자 찍어 봅니다

한때 따가운 햇살마저도
힘 불끈 몰아가면서
그늘 가려주는 저들이었는데,

찬바람이 이니
서둘러 새 옷 갈아입고
기막힌 색색 절창입니다

누가 그랬나요
가을은 남자의 계절이라고
저 꿈틀거리는 풍경은 분명
여성의 자태
한 번 보세요.
꽃보다 더 아름다움을

어서요!
찬 서리 내리기 전 서둘러
잠기어 봐요
그 전날처럼,

가깝고 먼 빈터

꾹, 찍은 새 발자국 하나
모가지로 넘어가는 비릿한 내음
새벽이 깨뜨린 존엄의 흔적들
어둠의 정적을 깨뜨린 비명이다

강물을 휘젓는 식욕을 채울 수 없어
물살을 가르던 물갈퀴의 기억은
목구멍이 만들어 낸 이탈의 툰드라다

저 물길 어디에도 없는 왜가리는
강물이 쓸고 간 모래 위
어둠이 접은 날개로 쏜살같이 내리쏟는
흘림이 새긴 이른 너울의 절창이다

가깝고 먼 빈터 왜가리의 새벽은

푸른 나무

갈참나무 허리춤에
제 살을 깎아 만든 두레박이 있다
오랜 바람이 그늘을 만든 공터
그 흉터 안에 빗물이 고여 있다

파내고 깎아 다듬어진
빛과 그늘의 조각들
흘러온 기억은 어둠의 눈물이다

단단한 껍질을 째고 나오는 일
흔들리며 떠나가는
푸른 나무의 누더기,

바람의 일상은
뿌리의 물을 길어 올리는 일
줄기를 따라 잎으로
후드득,

갈참나무 목은 늘 촉촉하다

그
루
터
기

요란한 세월이 운다

나자빠져 뒹구는 등걸은
끊긴 아픔에 떠는 숨결

살아도 한참을 더 살 나이

가려진 빈 그늘에 파르르
이파리만 운다
이미 떨어져 나간 몇 개의 눈물
허공으로 떠돌다가 사라지는 아픔
쉰 바람만 숭숭하다

불귀에 떠나간 저 아픔은
남겨진 반쪽,
오랜 이쪽의 기억,

검은 나비

검은 나비가 집을 틀었다
회색 벽에

파닥이는 날갯짓 거두고
어둠을 찾아

짝 이루어 나르던 꿈 벗고 잠시 숨 고르며
어디로 가려는가
제 꿈 다 이루고 가는 건지
미동조차 없다

등 꼽힌 실핀의 동면은 얼마인가
생명이 털어낸 터널은 길고 깊다

날아보려 꿈틀거리는 표면들
다시 돌아와도 그 자리일 뿐,
앞질러 가다 뒤돌아보면

검은 나비는
이미 저곳,

가는 것들을 본다

오래된 고목에 들숨과 날숨이 살다 간다
마지막 봄을 들이마셨는가
어느새 날숨이 하얗게 날리고 있다

세월의 뼈를 촘촘히 기운 휑한 바람의 끈
아주 가벼운 숨소리만 사는 고목
툭, 치면 봄은 부러질 것 같다

인연은 뒤에 남아 또 봄마다 온다지만
그해 삭은 생의 보풀들도 폴폴 날아올까

끝까지 핀 흰색의 꽃송이만 창밖에 환하다
지우고 또 지우며 가는 먼 길
잠시 감았다가 떠보는 눈에
세상의 마지막 숨들이 모여 펼치는 낙화
만개한 울음들이 떨어진다

지는 꽃 배웅하는 일
하얗게 날리고 또 날리며 가는

봄엔 오는 것보다
가는 것들이 더 잘 보인다.

한 사람 몫,
봄이 눈을 감았다

단장

오르는 자 내려오는 자가 입맞춤하는
가로누인 등걸이
닳아가고 있다

수 없는 발이 넘어간 몸뚱이
말없이 바라본다

모가지 잘리고 곡기마저 끊긴
바싹 마른 바람이 드나든다

살아가는 건 죽음에 이르는 길
고통이 고통으로 이어가는 반대편
이미 늙음을 넘어

더 낮아질 수 없는 수치심까지 다 버리고
저 윤기를 닮아가려 한다

이른
봄

모두 내려놓고 가시게
미련 없이 그냥 떠나가시게

뒤안길로 새겨지는 걸 모르고 왔나
뭇사람 딛고 간 발자국도
자네 첫발도 그렇게 흘러가 버릴 터

복잡한 생각일랑 모두
털어버리고
가볍게 가시게

남겨진 발자국은 결국
물든 달빛과 몇 개의 별빛
무지개처럼 사라져버린 그림자

이른 봄
값없이 요란 떠는
앞산 청노루
짝짓기 소리만,

산 사나이는 부재중입니다

산길 오르는 산 사나이
서둘러 조반 들고는
이름 모를 풀꽃을 찾아 나선다지요

그가 나간 빈집은
가끔 울려대는 전화 신호음만 닫힌 사립문을 지킨
다지요
그때쯤 혹, 고운 님
안부 걸어오면
"산 사나이는 부재중입니다" 말한다지요

이내 놀란 임
가슴 쓸어내리다가
숨 가쁘게 달려와 사립문 흔들어봐도
삐걱대는 소리만 홀로 산그늘 지켜낼 뿐
휴대폰 소리마저 지게 목발에 가려지고
허공도 누구도 들을 수 없다 하네요

숲이 좋아 숲에 사는 사나이

어제는 '생밭재'
오늘은 '애기봉'
풀꽃 속 제 이름만 불러댑니다

꽃밭골 메아리는
언제나 부재중입니다

봄
빛
꿈

이 화사한 봄날에

날 오라 손짓하면

나 꽃술 따러 가리

꽃 너울 타고 가리

가서 말하리

너의 은밀한 향기에 길들여지고

아름다움에 묻히면

꽃봉오리에 풀썩 주저앉아

꿈 깨지 않으려 한다고

너 오라고 손짓하는 그날에

난, 그렇게 말하고

널 품어 안아보련다

고무신

봉당 벽 기대어 조는
선비 한 줌이다

양지바른 햇살 아래
목욕재계하고 몸 단장한
하얀 숨결이다

어린 피 가족 목구멍 떠 메고
보릿고개 넘을 때
자갈길 돌부리에 걷어 차이기도 했던
엄지발가락이다

등골 휘도록 앞 코 문지르던
일그러진 시름이다

이제, 굴곡진 길 돌아와
무거운 짐 벗고
마지막 낮잠에 숨 고르는
내 아버지

사
립
문

아무도 들지 않은 그 집
옛 기억 그대로다

모퉁이 놓인 장독대
마루 밑에 쌓아 둔 장작더미
세월에 녹아 시간을 지켜낸다

아낙 머리 이고 드나들던 물동이
머슴의 어깨 지고 여닫던 나무지게 삐걱 소리
여전히 생생하다

여태 들지 않은 임
사립문 열고 마실 나간 여주인은
언제쯤 드실까

앞 산마루 노을이 벗겨 낸
텅 빈 마당엔
컹컹 우짖는 검둥이 소리만

백설감옥

설경이 내려앉은
꽃밭골 오지

컴컴한 부엌에 군불이
어둠을 밝힌다

장작개비 하나 아궁이에 밀어 넣고
부지깽이 쑤시면
타닥타닥
고요가 터진다

설국 갇힌 산골 오지엔
절로
검푸른 세월이 탄다

귀향

나 거기로 가리라
가서 내 어린 숨결이 서린
정겨움을 보리라.

황구들 온기 달구고
황토벽 사이 문풍지 이는 소리
깃들어 있는 곳

햇살 받은 도랑물이 졸졸 노래 부르고
세상 때 하얗게 씻겨내던
빨래터 속살 숨긴 아낙네가
등물을 치면 숨죽여 쫓던 남정네들
땀 내음 물씬 풍기는 곳

나 그곳으로 가리라
가서 겨울 찬바람 일면
잊어버린 장작불에 방구들 달구고
쑤신 허리 쫙 펴고 누운 아버지의
'어 시원하다' 외침을 보리라

그리고 말하리라

나도 저처럼 옛정을 심었노라고,

해설

단단한 기억 속에서 자연 친화를 꿈꾸는 시인

안영선(시인)

　이동환 시인이 2003년《문학 21》로 등단 후 첫 시집『길 잃은 시 한 구절』을 상재한다. 첫 시집 출간은 누구에게나 각별한 의미가 있을 것이다. 그동안 달려온 시 창작에 대한 보상일 수도 있겠고, 열정적인 삶에 대한 정리일 수도 있을 것이다. 더구나 문학에 대한 열정이 남달랐던 노시인의 첫 시집은 얼마나 가슴을 설레게 할까?

　필자가 용인의 한 사립 중학교 교사로 근무하던 시절, 이 동환 시인은 육군 장교로 같은 지역에서 근무 중이었다. 공 교롭게도 필자는 이동환 시인의 세 아들을 모두 가르치는 특별한 인연을 갖고 있다. 큰아이는 직접 담임을 맡았었고, 둘째와 셋째는 국어 수업을 맡았었다. 큰아이와 학교에서 야영할 때 엄마 손을 잡고 종종걸음으로 따라오던 유치원 생 막내는 벌써 결혼을 하여 한 가정의 가장이 되었다. 인 연은 우연을 빙자한 필연적인 관계일 수도 있겠다. 시인과의 우연한 인연이 아들들과의 필연적 관계로 이어졌으니 말이다.

용인문학회에서 이동환 시인을 만난 것은, 또 다른 인연 의 시작이었다. 용인문학회 초창기 회원이기도 했던 시인은 타지에서의 군 생활 후 예편하여 용인에 정착하였고, 용인 문학회 고문으로 활동하고 있었다. 필자 역시 문학회 활동 중 시인을 다시 만났으니 우리의 인연은 예정된 필연일 것 이라는 확신이 든다.

더듬고 걷는 기억 속의 시간을 만나다

시인에게 기억이란 무엇일까? 추억과 기억의 다름은 무 엇일까? 추억이 감상적이고 추상적이라면 기억은 생동감 넘치는 뚜렷함이 있다. 추억하고 싶은 것들이 좋은 기억이 라는 제한 선상의 시간이라면, 기억하고 싶은 것들은 다양 한 감정과 사실을 생동감 있게 추려내어 깊이 간직하는 일 련의 과정일 것이다. 그래서 때로는 아름다운 추억보다 뚜 렷한 기억이 더 독자의 마음을 설레게 한다.

주름진 어촌이 잠들어 있다
외롭게 익은 문어포 얼굴

촘촘한 세월이 출렁인다

골목 가득한 아이들 웃음소리
다 어디로 가 버렸나
폐교 앞마당에서 뛰어넘던
시멘트 계단 너머로
부서진 벽돌만 날아든 채

빈집 대문은 굳게 닫혀버렸다

만선을 꿈꾸며 떠나간 옛 남편
저녁 밥상은 언제 또 차려질까
떠나는 뱃고동이 울고

파도에 실린 고깃배 엔진 소리만
귓가에 넘쳐난다

「문어포」 전문

문어포는 통영시 한산면에 소재한 작은 항구이다. 통영여객터미널에서 오후에만 1회 여객선을 운항하는 아주 작은 포구다. 문어포 항이 있는 한산도는 임진왜란 때 삼도수군통제사인 이순신 장군의 통제영이 설치되었던, 조선 수군의 근거지이자 한산대첩의 역사적 현장이기도 하고, 장군의 사당인 제승당이 있는 곳이기도 하다. 이순신은 이곳에서 시조 「한산도가」를 짓기도 했다.

분주해야 할 어촌이 조용하다. 아이들의 웃음소리도 사라진 골목을 돌아가며 지나간 시간만 기억하는 낡은 폐교가 있는 문어포의 풍경이다. 모두가 떠나버린 작은 어촌의 모습을 바라보는 시인의 심정은 어떤 것일까?

시인은 지나온 시간에 대한 생생한 기억을 오래 간직하고 싶어한다. 그러나 과거와 달리 '촘촘히 잠들어 있'는 문어포의 현실, '만선을 꿈꾸다가 떠나간 남편'을 떠올리는 과거는 생계를 위해 떠날 수밖에 없는 문어포 어민들의 안타까운 삶을 대비시키고 있다. 한때 문어포는 아이들의 웃음소리가 넘쳐나던 곳이었다. 그러나 문 닫힌 집이 늘어나면서 폐교와 함께 아이들의 웃음소리조차 사라진 외롭고 한적한 포구는 '떠나는' 뱃고동 소리에 젖어 있다. 고향이나

삶의 터전을 떠날 수밖에 없는 상황을 통해 실향의 안타까
움을 담아내고 있다.

　　야간열차에 몸 싣고
　　떠나고 싶다

　　찌든 때 툭 털어버리고
　　홀로 목축이며 가고 싶다

　　까만 밤 하얗게 달리면
　　흐르는 시간도 밀려나고
　　어둠 속 내 삶도 멈추겠지

　　혹, 그때쯤
　　흐린 창가에 긴 머리 여인과
　　식당 칸에서 캔 맥주 따 놓고
　　안주 삼아 옛이야기 나누겠지

　　툭, 세상 털고 떠나는 길
　　천진한 아이처럼 깊은 밤 하얗게

절로 섞이면 잊힌 흔적들

찾아들겠지

뜬눈으로 숨결 세며

철 지난 여행 떠나보련다

한밤 아니면

단 한 시간이라도

「심야 여행」 전문

　외로움이나 그리움은 이동환의 시가 품은 가장 대표적인
모티브이다. 그렇다면 외로움은 어디에서 오는 것일까? 시
인은 야간열차에 올라 이 사회의 버거운 현실에서 벗어나
려고 한다. 밤이라는 시간은 오묘해서 외로움과 잘 어울린
다. 어둠과 적막은 외로움을 만들고, 그 외로움은 그리움을
만든다. 그러면 도대체 무엇이 시적 화자를 힘들게 하고 외
롭게 하는 것인가? '찌든 때 툭 털어버리고', '툭, 세상 때
털고 떠나'려는 시적 화자는 오래도록 숨겨온 그리움으로
외로움을 극복하고자 한다. 그 그리움을 불러일으킬 수 있

는 것은 오직 야간열차에 오르는 것이다. 사람에게 외로움
만큼 큰 형벌은 없을 것이다. 어쩌면 여행은 현실의 외로움
에서 벗어날 수 있는 시인의 유일한 도피 수단일지도 모른
다. 아니면, 현실 극복에 대한 강한 의지의 산물이라고도 볼
수 있겠다. 화자에게 있어 여행의 시간만큼은 외로움을 이
길 수 있는 시간이며, 과거라는 기억 속에 묻혀있는 그리움
의 흔적을 끄집어낼 수 있는 시간이다. 과거의 그리움은 현
재의 외로움을 이기는 힘을 지녔기 때문이다. 화자가 떠올
리는 '옛이야기'와 '잊힌 흔적들'은 아름다운 추억이 아니라
생생한 기억이라야 할 것이다.

단단한 기억은 견고한 끈이다

　사람은 누구나 행복하기를 원한다. 하지만 그 행복이라는
시간이 불행이라는 시간으로 넘어가는 지점은 찰나이다. 왜
냐하면 불행은 언제나 우리 주변에서 서성이고 있기 때문
이다. 사람들은 행복한 순간을 생각하며 살지, 불행한 순간
을 생각하며 살지는 않는다. 그러기에 어느 순간 불행이 다

가왔을 때 많은 사람은 절망에 빠지기도 하고 생의 끈을 놓
치기도 한다. 이동환 시인에게도 그런 시간이 있었다. 시인
은 교통사고로 큰 아픔을 겪은 기억이 있었다. 의식을 놓친
생사의 갈림길에서 오랜 시간 중환자실에 있어야 했던 그
를 다시 깨운 것은 지나온 삶의 단단한 기억이다.

살아가는 일 한 치 앞 모르고 산다
닥치는 불운은 그대로 받아들여야 했다

준비 없이 가는 길
아쉽지만 어쩔 수 없다
누구든 그러하다

스스로 깨어난 의식
정녕 내 뜻은 아니다
누군가 계획에 의해 정해진
알 수 없는
생의 이치이자 미덕

부활은 생명의 근원이다

그리고 진정한 삶의 가치였다

원망보다는 감사로 채워 주신 이에게
깊은 감사의 뿌리를 곱게 심는다

「기적」 전문

불행은 예고 없이 일어난다. 시인이 교통사고를 당한 것
은 어느 추운 겨울이었다. 중환자실에 누워 있던 기억은 생
의 견고한 끈을 이으려는 처절한 몸부림일지도 모른다. 화
자는 불운의 사고가 일어난 것도, 다시 돌아온 의식도 '정
녕 내 뜻은 아니다'라고 말하지만, 그는 누구보다 강한 정신
력을 지녔기에 '생의 기적'을 맛봤을 것이다. 그것은 어쩌면
신앙의 힘이었을 것이다. '누군가 계획에 의해 정해진 알 수
없는 생의 이치이자 미덕'이라고 말할 수 있는 것은 절대자
를 향한 믿음이 강했기 때문이다. 그리고 그렇게 얻은 부활
은 '생명의 근원', '진정한 삶의 가치'라고 말한다. 신앙심이
강한 시인에게는 오히려 원망보다는 감사의 마음이 앞섰
을 것이다. 절대자의 부활처럼 그도 부활이라는 기적의 삶
을 되찾게 되었고, 소중한 삶의 가치를 깨닫게 되었기 때문

이다. 이 시는 급박했던 그날의 상황을 단단한 기억으로 간직하고 있다. 그 단단한 기억은 불행의 상황 속에서도 생을 잇는 견고한 끈이 되었다.

어둠 깔리는 학교 모퉁이
뭇 그림자 하나 서성인다

혹, 검은 어귀 나타날까
10분, 30분, 한 시간……
초침이 초조하게 조여 온다

생각과 생각 사이 '꼭 나와 달라' 애원 담은 쪽지
간절한 마음이 닿았을까 한 가닥 기대를 건 구름

기다림은 허물어지고
뚜벅이 걸음에 등 돌린다
돌부리에 차인 발가락이 아파온다
꾹꾹 참아낸 눈이슬
볼따구에 흐른다

몇 번이고 되돌아본 오솔길

조붓한 어귀마다

차인 발길에 어둠이 묻힌다

끊임없이 새겨지는 설움은

낯익은 기억에 엉키고

나중 생각이 둥지를 틀었다

「쪽지 1」 전문

　그리움을 표현하거나 마음을 전하는 것 중에서 쪽지만
한 것이 또 있을까? 우리는 젊은 시절 누군가에게 마음을
전할 때 쪽지를 쓰곤 했다. 쪽지를 쓸 때의 그 설렘과 두려
움, 쪽지에 대한 응답을 기다리는 절박한 긴장감은 더 마음
을 애타게 한다.
　필자는 어린 시절 좋아하는 이성에게 쪽지를 건네본 적
이 없다. 혹여나 거절의 아픔을 감당할 용기가 없었기 때문
이다. 그래서일까. 누군가를 기다리는 것에 대한 가슴 떨린
설렘이 없다. 지나보면 용기를 내지 못하고 속으로만 마음
졸이던 시간이 잊히지 않는 기억으로 내재하고 있다.

이 시는 사랑의 쪽지를 전하고 그 답을 기다리는 시적 화자의 긴장과 설렘, 좌절과 체념으로 이어지는 상황을 마치 영화의 장면처럼 생동감 있게 표현했다. 문득 황순원의 소설 「소나기」의 한 장면이 연상되는 것이 필자만의 생각일까. 어린 시절이기에 기다림에 서툴 수밖에 없었던 기억, '10분, 30분, 한 시간……'으로 이어지는 절실한 기다림의 상황, '꾹꾹 참아낸 눈이슬'이 볼을 타고 흐르는 것은 기다림에 지쳐 돌아선 등에서 흐르는 것일까. 아니면 돌부리에 걸어차인 아픈 발가락에서 흐르는 것일까. 이 중의적인 상황이 만들어 내는 정서는 어린 화자의 실연과 좌절을 잊을 수 없는 기억으로 남게 할 것이다. 결국, 가슴 졸이며 전해준 쪽지는 설움을 비움으로 연결 짓는 끈이 되었고, 어린 시절 순수했던 사랑과 상실의 끈은 단단한 기억의 한 자리로 남았다.

푸른 옷 차가운 마루
그해 겨울은 유난히 길었다

영어 100일의 몸 이브 날 저녁 밥상 준비할 때, 똑똑 뒷문 노크로 나타난 저승사자 불쑥, 들이닥쳐 밥상마저 앗아갔다 하얀 눈 위 자동차 바퀴만 남긴 채, 먼 길 포도청 담벼락 밑 뜬 눈을 하얗게 새웠다 눈물도 말라버린 아홉 살 어린 겨울은

새벽 찬 바람이 고속도로를 가르다가 죽암 휴게소 우동 한 그릇 떼쓰는 아이를 달랜다. 어린 입엔 면 줄기, 어른 목구멍은 국물로 주린 배 채운다. 외로움이 고통을 먼저 내밀자 울컥 맺힌 눈물이 흐른다 빤히 바라보는 어린것, 엄마! 앙가슴에 뼈 울음이 더 깊다 얼마를 더 참아야 이 고통 벗어날까 모자의 상봉은 하늘도 울었다

-「눈물의 배후 7」 부분

아홉 살 아이가 겪는 아픔의 크기는 얼마나 될까. 이 시집에는 모두 9편의 「눈물의 배후」가 있다. 이 시편들에는 다양한 눈물을 흘리게 하는 배후가 존재하고 있다. 이 시에서 아홉 살 어린아이가 눈물을 흘리게 하는 배후는 무엇일까. 성탄절 전날에 찾아온 죽음, 그것을 바라보는 '어린 눈에 비친 아픔'은 한겨울처럼 춥게 느껴졌을 것이다. 가장 행

복해야 할 시간에 마주한 기억은 더 단단하다.

감당하기 어려운 아픔은 쉽게 잊히지 않는다. '그해 겨울 이 유난히 길'게 느껴지는 것은 계절의 시간이기보다는 아픔의 시간일 것이다. 그리고 이 고통의 시간은 쉽게 벗어날 수 없다. 화자에게 먼 훗날 늦은 행복이 찾아왔지만, 성인이 된 화자의 눈에는 아직도 아홉 살 어린 눈이 기억하는 가시가 박혀 있다는 사실이 마음을 아프게 한다.

그리던 고향, 그 쉼터에 들다

이동환 시인의 고향은 강원도 평창이다. 그는 어린 시절을 고향에서 보내다가 직업 군인으로 전국을 떠도는 삶을 살았다. 전역 후 시인은 평창의 산 좋고 물 좋은 자리에 작은 쉼터를 짓고 그리던 고향으로 돌아왔다. 오랜 시간에 걸쳐 손수 집을 짓고 임야를 개간하여 텃밭을 만들었다. 집 앞에는 꽃밭골이라는 표지석도 세웠다. 귀향은 시인의 오랜 염원이었을 것이다. 타지를 떠도는 삶은 불안의 삶이었을지도 모른다. 특히 시인은 군 생활로 인해 수십 번의 이사를

경험하기도 했다. 잦은 이사는 안주할 수 있는 공간을 제공하지 못했고, 이는 고향에 대한 그리움을 증폭시키는 역할을 했을 것이다.

　고향은 그리움의 대상이며, 지친 몸을 추스를 수 있는 삶의 쉼터인 동시에 영혼의 안식처이기도 하다. 수구초심(首丘初心)이라 했던가. 하물며 어린 시절의 기억이 고스란히 남아 있는 사람에게는 더 말할 필요도 없지 않을까.

　　내, 나이 반으로 접고 또 접은 시절
　　그리로 돌아가
　　그리움 절절 찍어 내리는
　　사내로 살고 싶다

　　꽃분홍 치마에 생머리 휘날리는
　　어린 처자를 만나
　　꽃밭골 초입 언덕배기 초가 한 칸 얻어
　　물동이 여 조반 지을 때
　　아궁이 불 때 주는 그런
　　사내로 살고 싶다

　　긴 긴 밤 뒤척이다 수탉 홰쳐 울고

먼동이 트면

지게 목발 툭툭 치며 '생밭재' 올라

묵정밭뙈기 일구고

봄 뻐꾸기 슬피 울면 수수 감자 심고

밭두렁이 바랭이 풀 뜯다가

삭정이 한 짐 풀어내고 새참 얻어먹고

툇마루에 낮잠 한숨 들고

화롯불 투가리 장국에 아랫목 포대기 엎어 둔

찬밥 덩이 꾹꾹 말아 한술 떠 주린 배 채우는

그런 사내가 되고 싶다

저녁연기 굴뚝에 피면

구정물 가마솥에 길어 붓고 여물 끓이다가

청솔가지에 눈물 찔끔 훔치는

여린 처자 볼때기 설움 닦아내고 달래주는

검은 머슴이 되고 싶다.

내, 그리로 돌아가면

세상 때 훌훌 벗고 오순도순 살아가는

늙은 사내로 살아가련다.

－「꽃밭골 사내 1」 전문

  고향에 대한 그리움이 극대화된 시가 연작시 「꽃밭골 사내 1」일 것이다. 이 시는 안빈낙도(安貧樂道)의 삶을 꿈꾸는 작품이다. 요즘 인기 방송 프로그램인 '나는 자연인이다'를 떠올리게 하는 화자의 삶은 곧 이동환 시인이 꿈꾸는 삶이기도 하다. 세속의 욕심을 훌훌 털어버리고 소박한 삶을 꿈꾸는 시인의 노년을 상상해 본다.

  '초가, 물동이, 아궁이, 묵정밭, 뻐꾸기, 지게, 삭정이, 툇마루, 화롯불, 구정물, 가마솥, 여물' 등으로 이어지는 이미지를 종합해 보면 화자가 꿈꾸는 삶은 최소 4~50년쯤은 과거로 회귀해야 하지 않을까 싶다. 지금은 어느 농촌도 가마솥에 구정물로 여물을 끓이는 모습을 구경할 수 없다. 황토를 빚어 초가를 짓고, 삭정이를 주워 불을 피우고, 화롯불을 방에 들여놓는 집도 없을 것이다. 시인은 화자를 통해 어린 시절 고향의 모습을 떠올렸을 것이다. 그 시절을 상상하며 욕심 없이 살아가는 소박한 사람들의 삶이 부러웠을 것이다. 꽃밭골 사내의 시선을 따라 이동하다 보면 마치 한 폭의 동양화를 보는 착각에 사로잡힌다.

  강원 평창 하고도 한참을 더 간
  꽃밭골 오지

거기 서출동류수 옆

두 그루 나무가 서 있지

수명 홀로 키우려는지

햇빛 가리다가 호우도 벗겨내며

영혼을 거스르고 살아내지

보면, 세 갈래 기둥은 삼형제 만들고

등 기댄 연리지 줄기도 부부의 조화를 이뤄

그렇게 살아가겠지

(중략)

너만은

푸른 날 둥근 달 한가운데 두고

또 그렇게

영혼을 기리며 살아내겠지

-「계수나무」 부분

꽃밭골은 평창에서도 한참을 들어가는 오지이다. 즉 세속
적인 세계와는 차별화된 세상인 셈이다. 그리고 계수나무는
그런 꽃밭골을 지키는 파수목(把守木)일 것이다. 시골에 가면
으레 마을 입구를 지키는 든든한 나무가 하나쯤은 있게 마
련이다. 그것이 느티나무일 수도 있고, 팽나무일 수도 있고,
은행나무일 수도 있다. 이런 나무들은 마을을 지키는 파수
꾼인 동시에 그늘을 늘려 마을 사람들의 쉼터가 되어주기
도 한다. 나무 밑 쉼터는 마을의 소소한 이야기들을 주고받
는 소통의 마당이 되기도 하고, 마을의 전설이 만들어지는
신비로운 공간이 되기도 한다.

이 시에서 화자는 계수나무처럼 살기를 원한다. 계수나
무의 세 갈래 기둥처럼 삼 형제를 낳아 기르며, 연리지처럼
조화로운 부부의 삶을 살고 싶어한다.

결국 시인이 그리고자 한 꽃밭골은 신비로운 공간인 동
시에 가장 소박한 삶이 이루어지는 자연 친화적인 세계인
것이다.

이동환의 시는 단단한 기억과 시인이 꿈꾸는 자연 친화
적인 삶이 어우러진 세상이다. 그의 시에는 유려한 기교나
상징, 비유가 적다. 대신 소박하지만 시인이 꿈꾸는 진솔한

삶이 넘쳐난다. 평생을 살아온 노시인의 생동감 있는 서사가 가득하다. 이것이 독자에게 깊은 울림을 준다. 이 시집을 읽으면서 좋은 시란 무엇인가에 대한 자문자답을 하게 된다.

이동환 시인의 첫 시집 출간을 축하하며, 독자에게 사랑받는 시집이 되기를 바란다.

시
인
의
말

후드득

바람 때리는 소리

떡갈나무 잎이 흔들린다

산비탈 돌아가는

보이지 않는 손

그에 맞추어 익어가는 생

서출동류(西出東流)

꽃밭골 아름답다

2023년 여름 이동환

이동환 시인

강원도 평창 출생

2003년 『문학 21』 등단

1996년 <푸른 제복의 자존심>

1994년 <그리움에 돌아보니 숨겨진 사랑> (국방부 수기 최우수상)

1998년 <벼랑 끝에서 다시 하늘을 보다> (청와대 초청 오찬) 외 다수 발표